염소 똥은 똥그랗다

시 | 문인수

1945년 경북 성주에서 태어났다. 1985년 『심상』 신인상을 받으면서 작품 활동을 시작하였다. 그동안 미당문학상, 대구문학상, 김달진문학상, 노작문학상 등 많은 상을 받았으며, 시집으로 『뿔』『홰치는 산』『동강의 높은 새』『쉬!』『배꼽』 등이 있다.

그림 | 수봉이

1986년 서울에서 태어나 입필 미래그림연구소에서 북일러스트를 공부하였다. 이번 동시집이 첫 책 작업이니만큼 남다른 마음으로 한 컷 한 컷을 수놓았다고 한다. 단정하면서도 투명한 그림이 보는 이의 마음까지 맑고 환하게 해 준다.

염소 똥은 똥그랗다

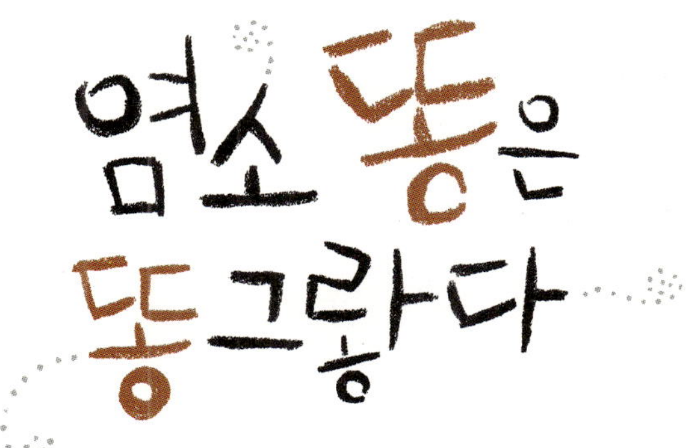

문인수 시 | 수봉이 그림

문학동네

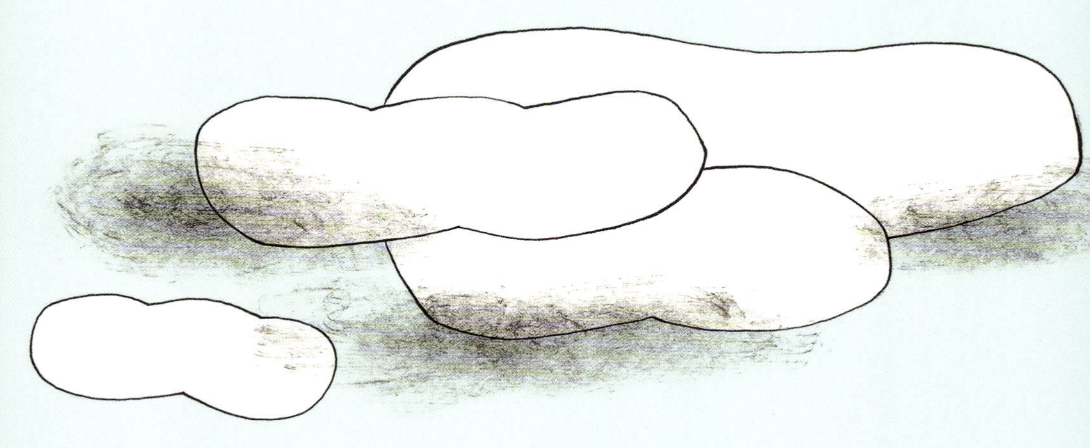

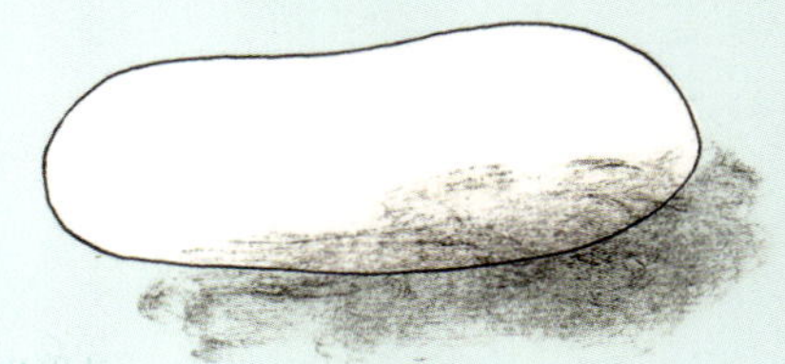

동시랑 더 놀고 싶다

두려움 반, 설렘 반으로 동시를 썼다. 어릴 때 쓴 것 말고는 처음 써 봤다. 내 속의 낡은 관념들이 불쑥불쑥 간섭을 해 대 이런저런 한계를 절감했으나, 동시에 매달리는 일이 그 어떤 글쓰기보다 재미가 있었다. 왜 재미있었는지는 모르겠다. 내게 일말의 동심이 남아 있어서? 그런 것이라면 좋겠다.

그러나 사실 도저히 가닿을 수 없는 시절, 동심의 세계! 바로 그 아이가 말하는 것이 동시라면, 여기에 실린 편편의 '어린 목소리'는 적이 의심쩍은 것일 수밖엔 없는 게 아닐까 싶다. 그 점이 자꾸 켕긴다. 그렇지만 참, 행운을 만난 것. 나는 지금 동시랑 계속 더 놀고 싶다. 정이 많이 들었다.

문인수

제1부

앗, 나의 실수

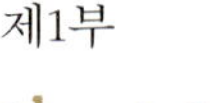

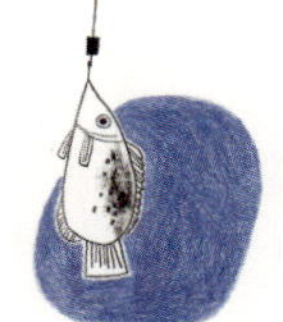

제2부

보일러 놔 드려야겠어요

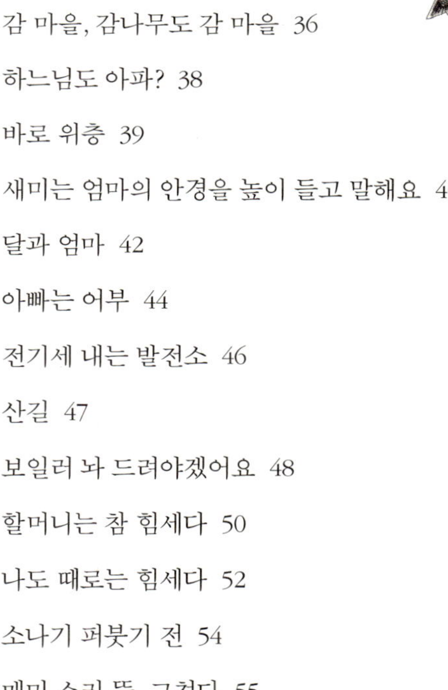

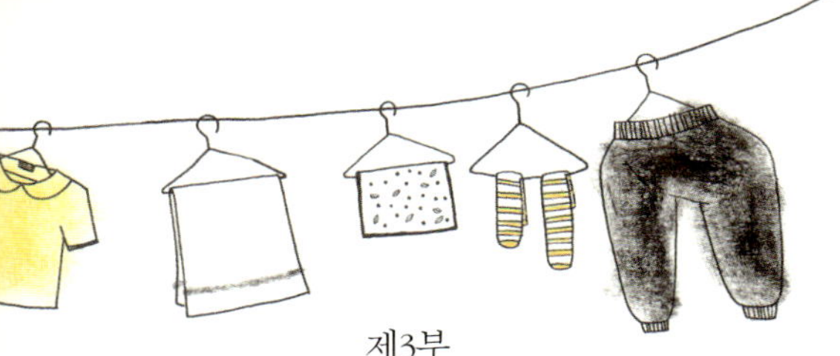

제3부

갈매기들은 모두 치마를 입었을까?

제4부

못 본 척, 모르는 척

제1부

앗, 나의 실수

단추

서둘러 옷을 입는데 단추 하나가 툭, 떨어졌다

민들레꽃만 한 장난꾸러기가 데굴데굴 굴러 침대 밑으로
숨었다

손전등까지 들고 찾느라 애를 먹었다

다시 단 단추가 한 줄 똑똑하게 만져져 기분이 참 좋다

내 마음에 돌아와 반짝이는 징검다리 별자리다

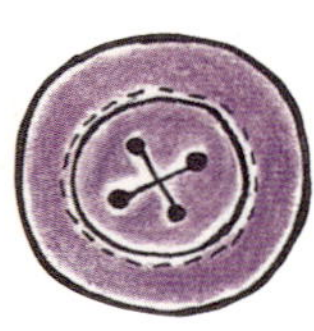

문짝도 앵무새처럼 말하는 걸까요?

이 집에 이사 와 산 지도 오래되었습니다
현관문이 언제부턴가 삐걱, 소리를 냅니다
열고 닫을 때마다 매일 꼭 같은 소리를 냅니다
내 이름을 부르는 걸까,
그렇게 붙여 들으니 그런 것 같기도 합니다
누구 목소리를 흉내 내는 걸까요?
지금은 아빠도 엄마도 없는 시간,
문짝도 이제 앵무새처럼 말하는 걸까요?
학교에서 돌아오면 삐걱, 반기는 겁니다

공

공은 동그랗게
앉아 있다 아니,
서 있다

아무리 들여다봐도
앉으나 서나
키가 똑같다

앉아! 일어서!
앉아! 일어서!
아무리 건드려도
동글동글 웃는다

공은 굴러가다
제자리에 딱,
멈춰 선다 아니,
앉는다

개미에게 말했어요

개미 한 마리가 저보다 몇 갑절이나 큰 새우깡 부스러기를 물고 낑낑거리며 갑니다 풀잎 사이, 돌멩이 사이를 꼬불꼬불 갑니다

점심시간도 지나 나는 배가 고팠어요

"개미야, 너도 배고프지? 그거 좀 먹고 가지 그래?" 나는 가만히 말했지만 개미는 계속 아등바등, 아등바등 갑니다 엄마가 가끔, 내 머릴 살짝 쥐어박으며 하는 말, 생각났지요 "녀석, 도통 융통성이 없다니까!"

'똥끝이 탄다'는 말

"허허, 저놈 똥끝이 타는구나!"
할아버지가 웃으며 나한테 한 말이다

그해 여름 시골 외갓집에 갔을 때, 나는 그만 배탈이 났
다 이튿날 저녁밥 먹다 말고 나는 또 꽁무니를 움켜잡은 채
냅다 뒷간을 향해 뛰었다 하마터면 큰일 날 뻔했다
그러고 보니 우리 가족 모두 아슬아슬 기차를 놓칠 뻔하
기도 했고, 나는 또 얼마 전 지각을 할 뻔한 적도 있었다 아
무튼 급한 꼴을 당했을 때, 이 말이 딱 들어맞는 것 같다

나는 그날 정말 똥끝이 타는 듯했다
불 당긴 것 같았다

앗, 나의 실수

새로 시멘트 바른 바닥을 밟았다
물컹, 발자국 하나가 찍혔다

수돗가 바닥에 커다란 입이 생겼다
깜짝, 놀란 채 다물지 못하고 있다

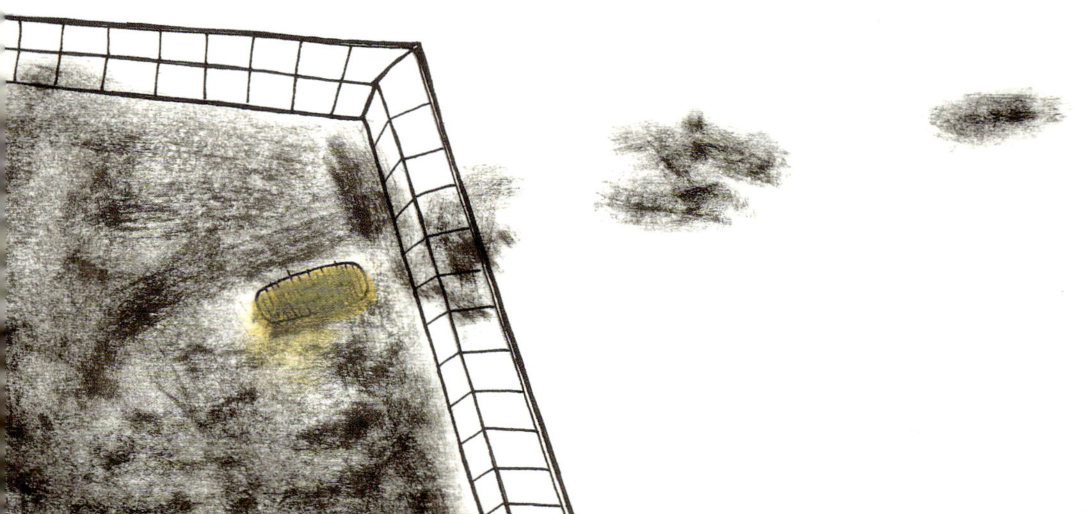

흰 구름은 뭉게뭉게 근심만 부푼다

구름은 산 너머 너머에서 온다
산속 가난한 마을을 뭉게뭉게 살펴보다가
제 근심만 뭉게뭉게 잔뜩 더 부풀어
구름은 산 너머 너머로 간다

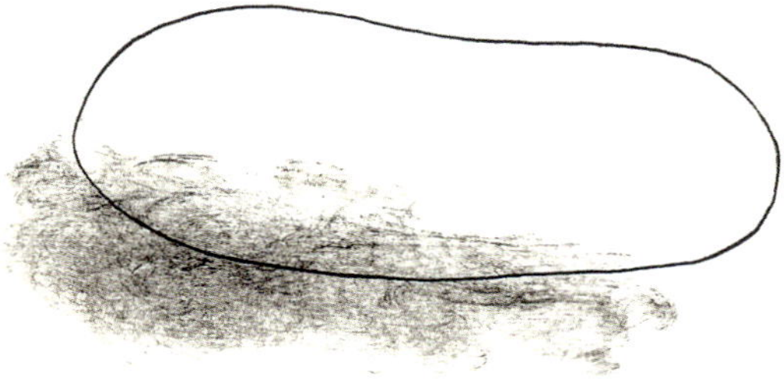

등대가 저녁노을 그물을 던졌다

방파제 끝에 등대가 우뚝 서 있네

수평선 너머 저녁노을 번지네

등대가 활짝 펼쳐 던졌네

튀어 오르는 은빛 고기들, 저녁 별들

커다란 그물, 어둑어둑 가라앉네

가오리, 가오리연

미루나무 삐죽한 꼭대기가
긴 연 꼬리를 잡을락 말락 해요

돌고래 삐죽한 주둥이가
가오리 긴 꼬리를 물락 말락 해요

하늘엔 되새 떼,
바다엔 정어리 떼

추운 겨울 구경꾼 몰고 다니며
가오리, 가오리연 잘 놀아요

잘 노는 3시 51분 15초

동네 뒷산 체육공원에, 아까시나무 숲 아까시나무에, 누가 둥근 벽시계 하나를 걸어 두었다 그런데 고장이 났는지, 건전지가 다 됐는지, 시계의 초침이 더 이상 움직이지 않는다
시계가 멈춘 시간은 3시 51분 15초, 운동하러 나온 사람들이 이제 거들떠보지도 않는 시계, 3시 51분 16초는 왜, 째깍, 안 나타날까 째깍째깍째깍…… 그다음, 그다음 시간들은 또 다들 어디로 갔을까

이 바람결에, 꽃향기에, 새소리 속에 풀려나 녹아든 시간, 15초에서 냅다, 한꺼번에 우르르 달아난 시간, 시간들은 모두 잘 놀고 있다 시계 없이 놀아도 봄 가고, 여름 가고, 가을 오고

12
9
3
6

기러기

어머니 이마 위엔 둥근 새벽달

그 이마가 풀어내던 기러기 한 줄

달 스쳐 스쳐 가던 기러기 한 줄

나도 힘껏, 가물가물 따라가다가

가다가 가물가물 잠들고 말았네

자물통

눈 덮인 산중은 산이 잠가 놨다

산이 눌러앉아 잠잠한 빈집

빈집 부서진 문짝에

커다란 자물통이 너무 무겁다

운동화랑 발이랑

새 운동화를 며칠, 또 며칠 신다 보니
발이 아주 편해졌어요
엄지발가락도 안 아프고, 뒤꿈치 물집도 이제
깨끗이 없어졌어요

자주 다투다 보니 어느새
마음이 서로 잘 통하게 된 짝꿍 사이처럼
걷거나 뛰거나
운동화랑 발이랑 사뿐사뿐, 친해졌어요

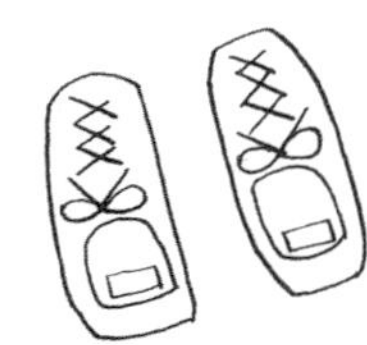

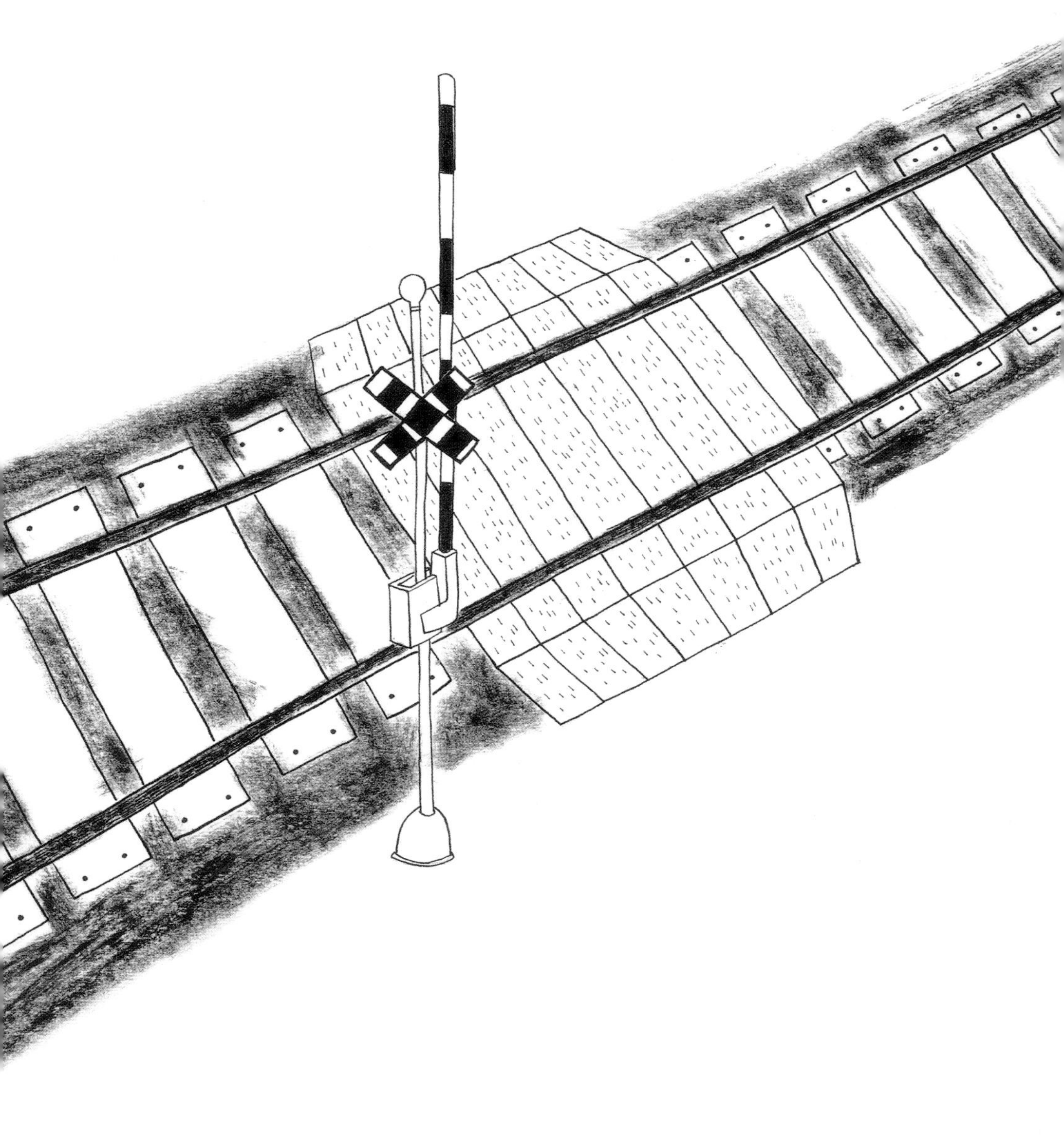

내일 봐!

건널목 차단기가 철컥, 내려졌다
건너편에 같은 반 친구가 서 있다
서로서로 손 흔들며 반갑게 웃었다

기차가 답답하게, 너무 길게 지나갔다
드디어 앞이 환해졌다
친구랑 나랑 힘을 합쳐 기차를 밀어낸 것 같았다

어디 가? 학원……
넌? 나도……

우리는 자꾸 돌아보며 헤어졌다
좀 더 친한 마음이 들었다

보일러 놔 드려야겠어요

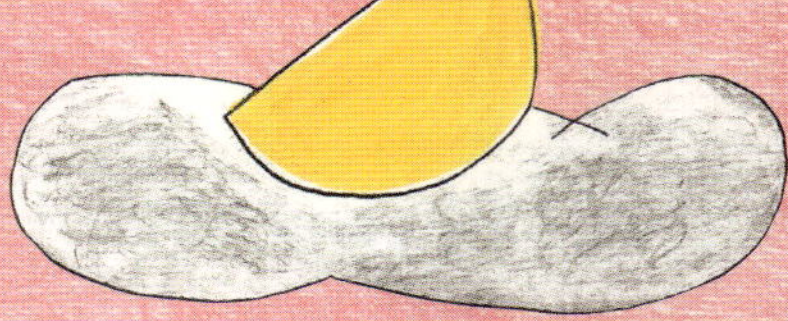

감 마을, 감나무도 감 마을

골목마다 올망졸망 정겨운 집,
집집마다 감나무 감 마을

가지마다 올망졸망 탐스런 감,
감나무도 나무마다 감 마을

하느님도 아파?

여름방학 때였다 먹구름이 잔뜩 낀 어느 날,
엄마랑 나랑 동생이랑 외출을 했다
집 근처 병원에서 바락바락 우는 동생 배탈 치료부터 받고
그 즈음, 건강이 좋지 못한 할아버지 댁으로 향했다

택시가 남대문 부근까지 왔을 때였다
동생이 갑자기 공중을 찌르는 남산타워를 가리키며 물었다

"주사다! 엄마, 하느님도 아파?"

천둥소리가 때마침 우르르, 굴러 내려가고 있었다

바로 위층

우르르 쿵쾅!
천둥 발소리 겁난다 하늘이 바로 위층인 것 같다

새미는 엄마의 안경을 높이 들고 말해요

새미는 엄마의 안경을 늘 품고 다녀요

"엄마, 엄마, 여긴 바다예요."
"하늘나라에서도 잘 보이죠? 바다예요."
"섬이에요, 갈매기예요, 수평선이에요."

파도 소리, 파도 소리, 파도 소리 너머
새미는 엄마의 안경을 높이 들고 말해요

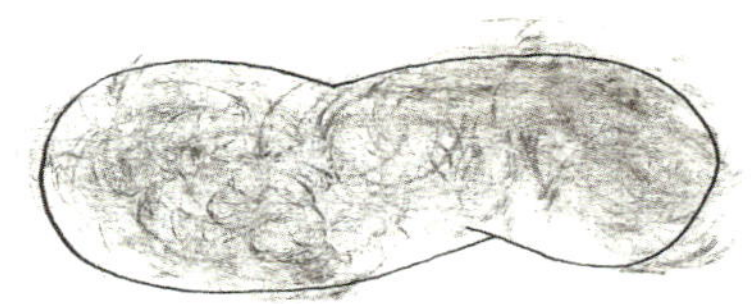

달과 엄마

보름달에서 하현 반달에서 이제 그믐달, 초승달에서 상
현 반달에서 도로 보름달

살 빠졌다, 쪘다, 근심 많은 달

묵묵히 입 다물고 하늘운동장을 도는 달

뚱뚱한 달 엉덩이 따라 걷는 엄마도 지금 뒤뚱뒤뚱, 뒤뚱
뒤뚱 발걸음이 무겁지요

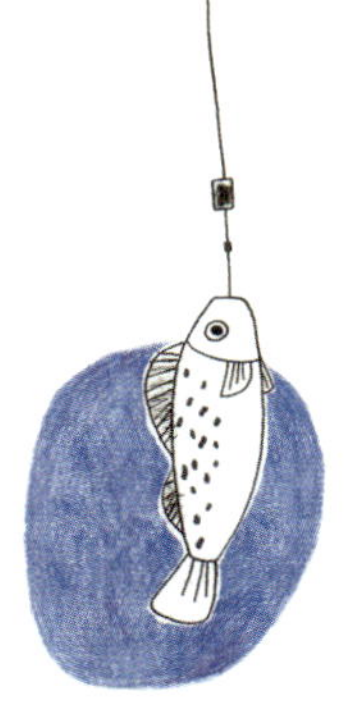

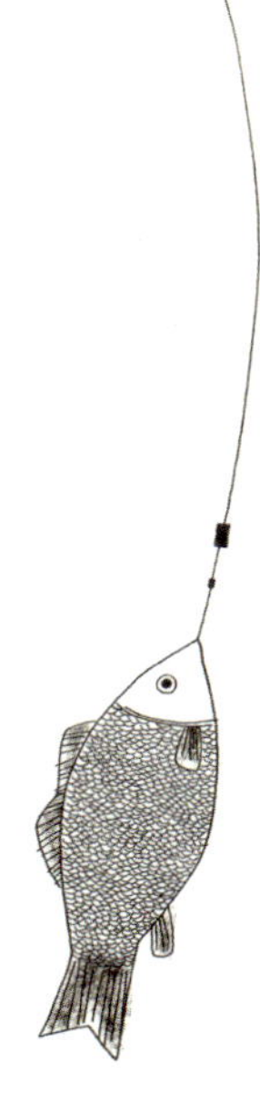

아빠는 어부

"아빠는 뭘 하시니?"
"고기 잡아요."

1학년 때 담임선생님은 우리 아빠 직업을 '어부'라고 적
었다

아빠는 낚시를 좋아했다
시간만 나면 고기 잡으러 갔다
집에서도 자주
잉어 붕어 이야기에, 월척
번쩍!
낚아 올리는 연습을 했다

전기세 내는 발전소

아빠는 또 밤 아홉 시 뉴스를 보던 채로 드렁드렁 코를
곱니다
"발전소 발전기 돌아간다."
엄마가 빙그레 웃으며 말합니다

하루하루 피곤할 정도로 열심히 일해서 월급 받아 오는
아빠 덕분에 하긴, 우리 집에 전기가 들어오지요
밥솥, 텔레비전, 컴퓨터도 켭니다

산길

산자락 접어들다가 봅니다
산길이 살짝 앞서 올라갑니다

좁고 구불구불한 산길이
가파른 오르막, 내리막, 다시 오르막, 오르막,
지치지 않고 천천히 앞서 올라갑니다

산길은 절대로 길 놓치지 않지요
모퉁이 돌아 계곡을 건너 바위를 타 넘고, 너덜*을 지나
야호!
하늘 보러, 먼 들판 보러,
산길은 길 꼬리 물고 길 놓치지 않지요

산길은 산꼭대기까지 끝끝내
한발, 앞서 올라갑니다

*너덜 : 거친 돌덩이가 많이 깔린 비탈.

보일러 놔 드려야겠어요

찬바람이 하필 여기 와서 한바탕 흙먼지를 일으키며 지나
간다
　대우아파트 뒤편 소방도로 네거리 한 귀퉁이 전봇대 아래
　오늘도 그 할아버지 할머니가 나란히 돌아앉아 일한다
　할아버지는 여러 대 고물 선풍기 모터를 뜯어 구리철사를
빼고
　할머니는 골판지 상자를 접고 있다

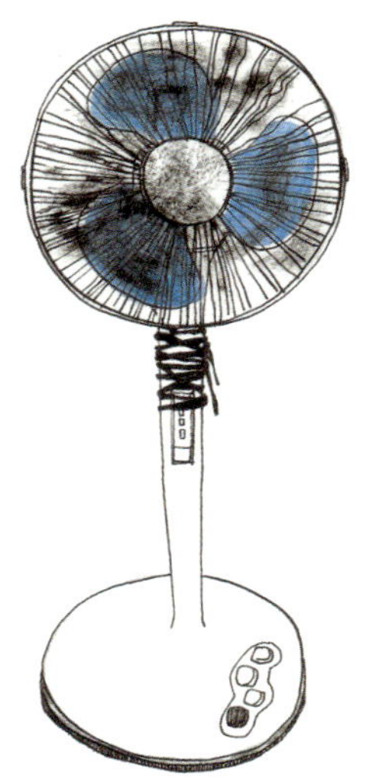

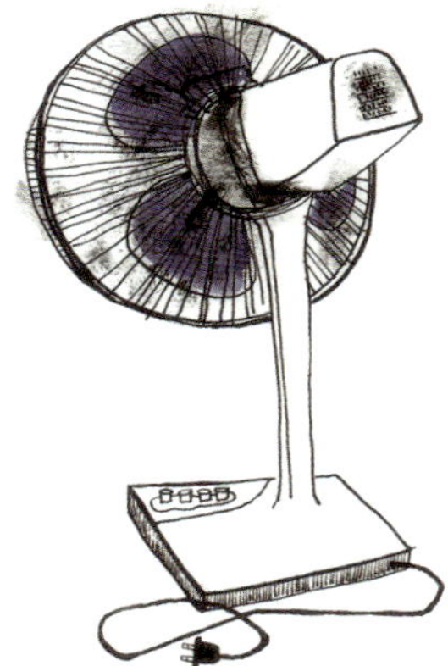

나는, 4년 전 일곱 살 때까지
할아버지 할머니하고 살았는데, 겨울이 오면 시골은 이
곳 도시보다 더 추웠다

"……보일러 놔 드려야겠어요."라는 광고 말이 떠오른다

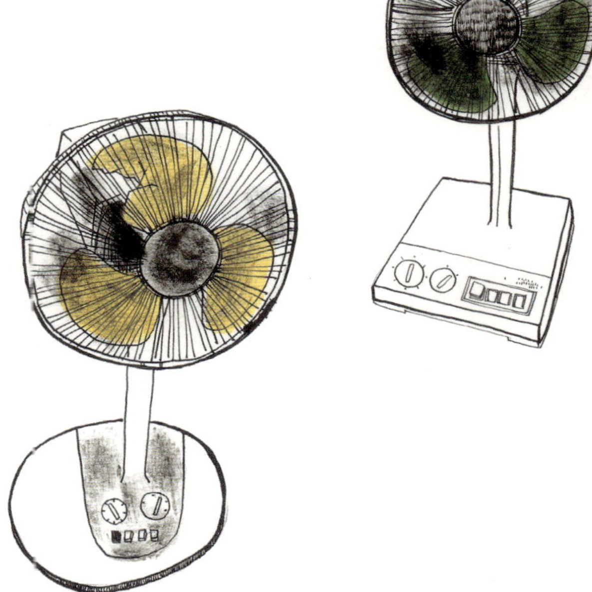

할머니는 참 힘세다

저 아기 하하 제 그림자를 무서워한다

맴맴 돌다, 발 구르다, 아장아장 달아난다

아장아장 달아나도 그림자 떨어지지 않는다

앙앙 울어도 하하 떨어지지 않는다

앙앙 울며 저 아기 등나무 그늘로 들어간다

등나무 그늘 아래 하하 할머니한테로 가 안긴다

뚝! 떼 낸 새까만 그림자

아기는 한참, 햇볕 쨍쨍한 바깥을 내다본다

나도 때로는 힘세다

어떤 할아버지가 무더위에
골판지를 가득 실은 리어카를 끌고
야트막한 오르막을 오르고 있었다
겨우겨우 오르고 있었다 나는
밀어 줄까, 말까, 하다가
밀었다 망설인 그만큼 내 마음이
딱 한 숟갈, 한 눈금 모자랐던 걸까,
내 힘! 할아버지의 힘과 금세
통했다 밀자마자 뭉클,
리어카에 속도가 붙었다

소나기 퍼붓기 전

굵은 빗방울은 장난꾸러기 뿔이지요
툭, 툭, 툭, 쥐똥나무를 건드리고
능소화를 건드려요
굵은 빗방울은 박자도 안 맞추는 북채지요
툭, 툭, 툭, 시멘트 바닥을 두드리고
슬레이트 지붕을 두드려요

그러니까, 억수 소나기 퍼붓기 전에 꼭
굵은 빗방울이 툭, 툭, 툭, 먼저 노크해요
창밖 풍경은 그래서 조금도 놀라지 않고
오랜만에 흠뻑 마음 놓고 젖어요

매미 소리 뚝, 그쳤다

비가 내리자 금서
쟁쟁하던 매미 소리가 뚝, 그쳤다

소리도 젖는구나

운 걸까, 노래한 걸까

아무튼, 햇볕 나면 또 쟁— 쟁— 쟁—
널어 말려야겠지

갈매기들은 모두 치마를 입었을까?

눈 오는 날의 새 떼

함박눈 내려 훨훨훨 땅을 덮어요
산을 덮고 숲을 덮고 들판을 덮어요
마을을 덮고 길을 덮어요
나무 한 그루, 풀잎 하나까지 다 덮어요

하얀 보자기로 한꺼번에 깨끗이 싸서
어디로 가려는지 새 떼 날아올라요

눈사람

눈덩이를 굴려 눈사람을 만들었어
그러니까 눈사람은 굴러 굴러 왔어

날씨가 따뜻해지자 눈사람이 없어졌어
땅바닥엔 땀만 홍건해
너무 더워서 털모자는 벗어 두고 갔어
시원한 나라, 눈 오는 나라로
다리 없는 눈사람은 굴러 굴러 갔어

돌멩이 마음에도

냇가 돌밭에서
돌멩이 하나를 뒤집어 보니
바닥이 젖어 있다 젖은 채
단단하게 뭉쳐져
옴짝달싹 못하는 돌멩이
그 돌멩이를 주워 힘껏 던져 올렸다
공중 높이 풀려난 돌멩이는
저만큼 날아가
풀밭 한복판을 툭, 떠받았다

돌멩이 마음에도 슬픔이 있고
날개가 있고 또
뿌리가 있었다

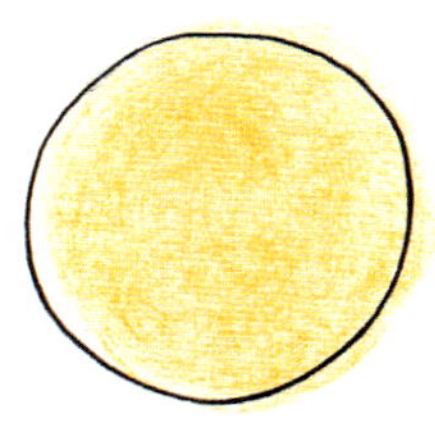

염소 똥은 똥그랗다

염소가 맴맴 풀밭을 돈다

말뚝에 대고 그려 내는 똥그란 밥상,
풀 뜯다 말고 또 먼 산 보는 똥그란 눈,
똥그랗게 지는 해,

오늘 하루도 맴맴 먹고 똥글똥글,
똥글똥글 염소 똥

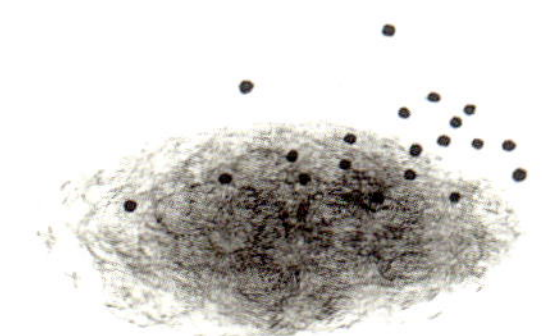

원시림에 가고 싶다

이 시꺼먼 큰길이 구불텅,

깨어나는 강물이라면 좋겠어

이 커다란 등뼈인 육교가 어슬렁,

강물 건너는 공룡이라면 좋겠어

이 널따란 운동장이 온통

푸른 숲이라면 좋겠어

숲 너머 삐죽 머리 내미는 기린,

국기 게양대의 뿔, 저 깃봉이

꽃이라면 좋겠어 아니, 빨간

새라면 좋겠어 나도 하늘 높이

훨훨 날아올랐음 좋겠어

새 발자국 무늬 스카프

이른 봄 강변 모래톱에
자잘한 새 발자국이 유난히 소복하게 몰린 데가 있다
나는 네모반듯하게 테두리를 그려
새 발자국을 둘러쌌다

무늬 예쁜 스카프가 되었다

목이 긴 우리 엄마,
이걸 두르면 참 잘 어울리겠다
꽃샘바람에 춥지 않겠다

갈매기들은 모두 치마를 입었을까?

바닷가 너른 갯바위에 갈매기 떼가 앉아 있어

바람 불어오는 쪽으로 똑같이 부리를 겨눈 광경이 희한해

갈매기들은 모두 치마를 입은 마음일까?

바람에 깃털이 들춰질라, 조마조마 앉아 있어

바다에 내리는 눈

바다에 내리는 눈은 쌓이지 않아요
종일 펑펑 내려도 쌓이지 않아요
해 지고 어두워지면
밤바다 파도 소리가 너무 깜깜할까 봐
하늘이 직접 하얀, 하얀 눈을 풀어요

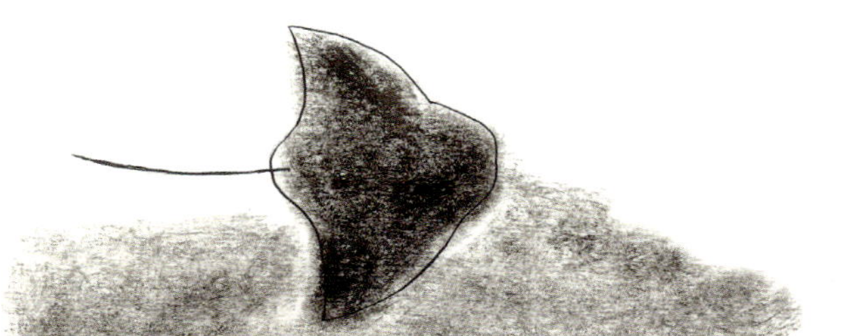

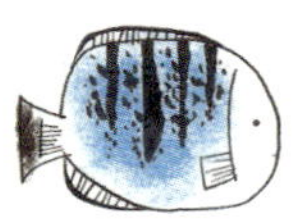

바다에 퍼붓는 비

파도가 너무 심하면
마찰열 때문에 그만 불붙을지도 몰라요
서로 부대껴 때 묻을지도 몰라요
그래서 바다에 소낙비 퍼부어요

햇볕이 너무 강하면
수분이 다 증발해 짜디짤지도 몰라요
고기 한 마리 살 수 없을지도 몰라요
그래서 바다에 소낙비 퍼부어요

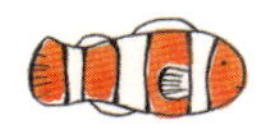

섬

수평선 멀리 두근두근
작고 예쁘게 바라보이던 섬,

섬에 도착하니 어!

그 섬 없어져 버렸다

넝쿨손이 안쓰러워

나팔꽃 넝쿨손이
싸리울 너머
공중을 말아 쥐려다
도르르,
자꾸 놓친다

나는 새끼손가락을,
가느다란 꼬챙이를
가만히
갖다 댄다

덩굴장미가 궁금하다

덩굴장미는 장미만 싣고 온다

덩굴장미는 무엇을 버무려 저 많은 장미를 만드나
안 보고도 어떻게 똑같이 한꺼번에 여럿이 웃게 만드나

저 집 담장 너머가 궁금하다

담장 너머 땅속이 궁금하다

땅속에 꼼지락거리는 발가락이 궁금하다

우리말 가운데 맨 어리고 어여쁜 말꼬리, '요'

ㅇ

ㅛㅛㅛㅛㅛㅛㅛㅛㅛㅛㅛㅛㅛㅛㅛㅛㅛㅛㅛㅛㅛㅛ
ㅛㅛㅛㅛㅛㅛㅛㅛㅛㅛㅛㅛㅛㅛㅛㅛㅛㅛㅛㅛㅛㅛ
ㅛㅛㅛㅛㅛㅛㅛㅛㅛㅛㅛㅛㅛㅛㅛㅛㅛㅛㅛㅛㅛㅛ
ㅛㅛㅛㅛㅛㅛㅛㅛㅛㅛㅛㅛㅛㅛㅛㅛㅛㅛㅛㅛㅛㅛ

햇잎 자욱하게 떠드는 새파란 들녘이에요
요, 요, 요, 요, 이제 막 말꼬리가 여물어 가는 아이들 소
리, 햇살 아래 촘촘촘, 촘촘해요

할아버지는 일하다 말고 잠시 저 먼 물머리에 눈을 둔 채
입 다물고요
밝은 봄날 풀밭에서 어두운 귀를 씻어요

봄 지렁이가 하는 일

비가 그쳤어요
빨갛게 젖은 지렁이 한 마리,
구불구불 흙 속으로 파고들어요
비비추 맥문동 분꽃 뿌리에게
무슨 말씀 전할까요

성경책 갈피 속 빨간 실댕기는 또
무슨 말씀에 흠뻑 젖을까요

하늘과 땅 사이를 엮는
봄,
지렁이 보아요

지금은 자연시간

시장 바닥 사람들 떠드는 소리, 싸우는 소리,
차 달리는 소리, 비행기 소리,
골목골목 누비는 트럭 아저씨의 스피커 소리는 그 얼마
나 시끄럽나

그런데 여기,
골짜기에 넘치는 물소리, 숲 속 바람 소리, 매미 소리, 새
소리가
잠시도 그치지 않고 귓전을 울리지만 조금도 시끄럽지
않다

지금은 자연시간,

나는 오늘 일기장에 썼다
"산속은 정말 고요하다, 슬슬 잠이 온다."

못 본 척, 모르는 척

빗방울들은 명랑하다

토란잎에 오는 비는 톡, 톡, 정확하게 제 소리를 짚는다
아무리 바빠도 방울방울, 명랑하게 제 모양을 짓는다
밤하늘 별들이 뛰어내린 걸까
토란잎에 반짝반짝, 차례차례 맑은 눈 뜬다

깜짝, 놀랄 만한 봄

꽃샘바람 때문에 봄이 봄 같지도 않지 해마다 그렇지 그러다가 나는 올해도 이 골목 두 번째 모퉁이를 돌자마자 또 "앗, 깜짝이야." 하고 놀라지 놀란 척이라도 하지 그러면 키 큰 목련나무는 정말 번번이 놀라지 어느 날 갑자기 핀 흰 꽃 무더기, 흰 꽃 무더기가 한꺼번에 한 번 더 화들짝, 환해지지

개나리 오줌

개나리 가지는 언덕에 한 줄 두 줄 여러 줄 조별로 나온
아이들
가지마다 방울방울 노란 오줌 줄기,
감기약 먹었나 방울방울 노란 오줌 줄기,
개나리 가지는 언덕에 한 줄 두 줄 여러 줄 조별로 나온
아이들

나무는 봄에 따끔따끔하겠다

나무는 봄이 오면 침 맞는다
뾰족뾰족한 금빛 햇살로 침 맞는다
언 가지 뼈마디마다 침 맞는다

꽃샘바람에도 오싹오싹 움트는 새싹들,
나무는 봄에 따끔따끔하겠다

코스모스들이 배꼽을 잡고 웃는다

코스모스들이 손뼉 치며 손뼉 치며 죄, 웃는다

구름이 지나가도 새 떼가 지나가도 할아버지 할머니가

지나가도

수줍게 가만가만 흔들리던 코스모스들이

기차만 지나가면 깔깔깔 배꼽을 잡고 웃는다

기차는 저 혼자 더 길게, 더 급히 달려가고

코스모스들은 까무러칠 듯 자지러지게 웃는다

봄 산

나비 나비 나비 첫 날갯짓에
진달래 진달래 귀가 열려
손뼉 치는 손뼉 치는 날갯짓에
진달래 진달래 다 몰려나와
봄 산, 봄 산은 너무 떠들어
나비 나비 나비 자주 자리 떠

옥나비

옥돌 커다란 바위 속엔 잠잠 무엇이 숨었을까요

바위를 깨고 바위를 깨고

또 여러 번 깨면

옥돌 푸른 박덩이만 한 돌덩이 속엔 또 무엇이 숨었을까요

옥돌 돌덩이를 깨고 돌덩이를 깨고

또 여러 번 깨면

옥돌 풋사과만 한 돌멩이 속엔 다시 또 무엇이 숨었을까요

옥돌 돌멩이를 깨고 돌멩이를 깨고

또 여러 번 깨고 얇게 갈아 내면

옥돌 파르스름한 이파리엔 살짝, 도대체 이제 무엇이 숨었

을까요

누나는 기뻐 사뿐사뿐 꽃밭 둘레를 걷고요,

옷깃에 숨은 연녹색 나비 한 마리,

나비 날갯짓에 실린 누나 나풀나풀 날아오르려 해요

옥돌 커다란 바위 속엔 꿈, 저 옥나비가 숨었어요

싸우는 소

소눈은 검고 커다랗다

싸우니까, 더 커다랗다

와— 와— 떠드는 사람들 응원 소리에 뿔을 맞대고 있지만
소의 두 눈은 점점 더 커다랗게 껌뻑, 껌뻑, 슬프다 서로
미안, 미안하다고 한다

꽃밭에서도 기차를 탈 수 있다

나팔꽃 넝쿨을 타고
꽃밭 둘레를 돌자

마디마디 작은 역마다
분홍 나팔을 불자

맨드라미 채송화
나비 몰리는 마을,

점심 먹고 잠시
초록 기차를 타자

꽃 한 바퀴

할머니는 커다란 고무 다라이에 농사를 짓는다
어느 해는 상추, 어느 해는 부추, 또 어느 해는 시금치며 미
나리……
파지 주워다 팔고 돌아와 들여다보는 재미,
뜰아래 수돗가엔 해마다 새로 가꾸는 마음이 파릇파릇하다

할머니는 평소 화장도 한번 안 하고, 갈아입을 새 옷 한 벌
없어 아무것도 꾸밀 일 없지만 그래도
봄이 오면 꽃 한 바퀴,
새파란 농사 가장자리에 먼저 채송화를 심는다

못 본 척, 모르는 척

어떤 형이랑 누나랑
오리 배를 타고 부지런히 페달을 밟는다

어, 오리가 잠시 먼 산을 봤는지, 배가
강턱을 들이받았다 강턱을 뭉개며 자꾸 기어오르려 한다
한참 퍼덕거리다 결국 날아오르지 못하고
천천히 다시 몸 돌린다 왜, 저럴까?
오리의 눈이 뭘
못 본 척,
모르는 척하고 있다

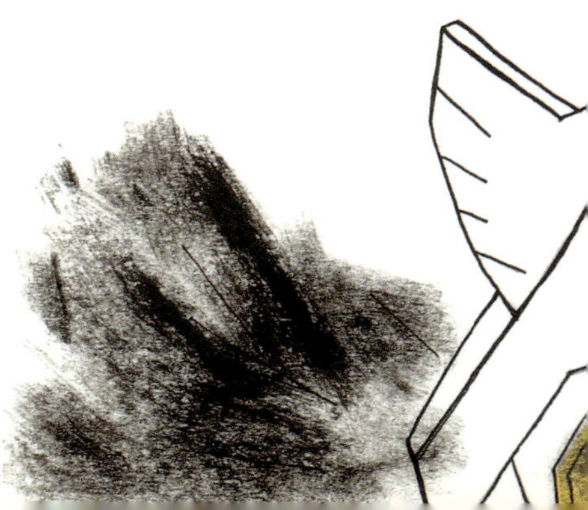

물이 까분다?

내 동생 솔이는 만 세 살이다
혀 짧은 말, 새싹 같은 몇 마디가
솔이의 작고 재빠른 동작들을 종일
바글바글 데리고 논다

이 방 저 방으로
탁자나 책상 위로 소파 위로 거실 바닥으로
콩콩거리며 잘도 논다 전화기 같은 걸 떨어뜨리기라도
할라치면
"까분다, 까분다, 좀!"
엄마한테 되게 혼난다

솔이가 주방까지 따라 들어와 논다
유리 주전자엔 백 개도 넘는 하얀 물방울, 물이 방울방울
끓고 있다
솔이가 엄마로부터 자주 들은 말,

물이 어쩌는지
솔이는 알고 단박 일러바친다

"엄마, 엄마! 물이 까분다아—."

길고양이

고양이는 대문 밑으로 가까스로 들어와요

문짝 들린 데와 시멘트 바닥 사이로 먼저 머리를 들이민 다음,

앞다리를 벌려 온몸을 납작 붙인 채

눈 똥그랗게 뜨고 들어와요

고양이는 또 그렇게 대문 밑으로 나가지요

양쪽으로 벌린 뒷다리가 아등바등 꼬리를 감추며 나가지요

초인종도 누르지 않고 고양이는 또 들어와요

사뿐사뿐 뜰을 가로질러 가지요

장독대 장독 위로, 옆집 담장 위로 가볍게 뛰어올라요 다시 앞
집 담장 위로, 또 앞집의 옆집 담장 위로

언제나 저 다니는 길로 가고, 또 와요

이제 낯이 익었는지

고양이는 날 봐도 겁내지 않고

나도 고양이의 길이 불편해 보이지 않아요

우리는 언제까지나 어린아이다

김민정(시인)

1

어린이 여러분, 안녕?

나는 시를 쓰는 호호 이모라고 해요. 호호는요, 학교 다닐 때 친구들이 지어 준 내 별명이에요. 언젠가 수업 시간에 교과서 밑에 교과서 아닌 책들을 몰래 숨겨 놓고 살짝 넘겨 보다 느닷없이 호호, 웃음이 터진 적이 있어요. 참으려고 했으나 도저히 참아지지 않아 비집고 나온 웃음, 호호! 물론 그 길로 복도에 나가 책을 들고 벌을 서야 했지만 눈을 치켜뜨고서라도 올린 팔 끝에 들려 있던 책을 마저 다 읽을 수 있어 얼마나 행복했는지 몰라요.

호호 이모는 생각해요. 여러분은 그때의 나보다 훨씬 더 책 읽기를 즐겨 하는 어린이들일 거라고요. 그 덕분에 우리가 여기 이렇게 마주할 수 있게 된 거라고요. 그러고 보면 책은 참 놀라운 징검다리 같아요. 어떤 책이든 그 책을 읽은 사람이라면 누구나 서로에게 가닿게 하고, 잇게 해서 친구로 만들어 주니까요. 자, 벌써부터 궁금해지는데요. 우리 친구들은 이 책을 어떻게 읽었을까요.

2

『염소 똥은 똥그랗다』, 시인 문인수 선생님이 처음으로 펴내는 동시집이에요. 혹시 여러분은 '문인수'라는 이름을 들어 본 적 있으세요? 어른들의 시 동네를 기웃기웃 관심 있게 지켜본 친구들은 좀 알 거예요. 평생 시하고만 살아온 시의 장인 같은 분이거든요.

시골에 가면 우물이 있고, 한겨울의 우물물은 이 시리게 차면서도 이 비치게 맑잖아요. 할머니가 한 사발 그 물을 떠서 내게 줄 때, 그 물을 단숨에 내가 꿀꺽꿀꺽 삼킬 때, 정신이 바짝 나면서 오히려 속이 뜨겁게 느껴질 때가 있잖아요. 선생님의 시가 딱 그래요. 그 느낌을 배우고 싶어서 나는 선생님의 시 한 편 한 편을 원고지에 베껴 보기도 했는데요, 도무지 나는 안 되는 거예요. 아니, 흉내조차 내지지가 않는 거예요.

　선생님의 동시를 나는 한 편 한 편 소리 내어 또박또박 읽었어요. 지금껏 봐 온 동시와는 사뭇 달랐어요. 의성어, 의태어가 자주 등장하지 않아서 처음에는 살짝 심심한 듯했는데 읽다 보니 넘침도 모자람도 없이 간이 아주 잘 맞았어요. 건강해지는 엄마 음식 같았어요. 그렇게 한참을 소리 내어 읽는데 어디선가 툭, 어린아이 하나가 뛰어나왔어요. "애, 너 뭐니?" "말 시키지 마세요, 나 좀 급하거든요." 한 손에 돋보기를 쥔 아이는 퍽 분주해 보였어요. "쉿, 지금 돌멩이가 뿔을 보여 준대서요, 그거 관찰일기 쓰러 가요." "뭐, 돌멩이가 뿔이 있다고?"

냇가 돌밭에서
돌멩이 하나를 뒤집어 보니
바닥이 젖어 있다 젖은 채
단단하게 뭉쳐져
옴짝달싹 못하는 돌멩이
그 돌멩이를 주워 힘껏 던져 올렸다

공중 높이 풀려난 돌멩이는

저만큼 날아가

풀밭 한복판을 툭, 떠받았다

돌멩이 마음에도 슬픔이 있고

날개가 있고 또

뿔이 있었다

—「돌멩이 마음에도」 전문

호기심에 살금살금 아이의 뒤를 따랐어요. 아이는 냇가 돌밭에 쪼그리고 앉아 돌멩이를 쳐다보고 있었어요. 눈이 깊은 만큼 더 깊은 곳에 자리한 아이의 눈동자는 유리구슬보다 훨씬 더 빛났어요. 아이는 냇가 돌밭에 쪼그리고 앉아 돌멩이에 귀를 대고 있었어요. 귀가 깨끗한 만큼 더 깨끗한 곳에 자리한 아이의 고막은 부엉이보다 훨씬 더 예민했어요. 이렇게 빛나는 눈이 있으니 우산 끝에 매달린 빗방울이 철봉 놀이 하는 걸 볼 수도 있겠구나, 이렇게 예민한 귀가 있으니 우산 끝에 매달려 철봉 놀이 하는 빗방울들이 팔에 끙끙 힘주는 소리도 다 들을 수 있겠구나. 그 순간 나는 알았어요. 내가 부러워하는 건 선생님이 아니라, 선생님의 시가

아니라, 선생님의 마음속을 제집처럼 드나드는 저 어린아이
가 아니라, 저 어린아이의 호기심을 동시로 받아쓸 줄 아는
선생님의 천진함이라는 사실을요.

혹시 내 안에도 저렇듯 어린아이가 숨어 있는 것은 아닐
까, 내친김에 속내를 뒤집어 보기로 했어요. 탈탈 털기도 하
고 후후 불기도 하고 야야 부르기도 했어요. 고요했어요. 아
무도 없었어요. 메아리처럼 되돌아온 것은 아이의 말이 아
니라 '나' 라는 어른의 말이었어요. 어른의 말은 대화를 나
눌 수도 없이 저 혼자 떠드는 말이잖아요. 시끄러웠어요. 부
끄러웠어요.

답답한 마음에 산책이나 할 겸 강변으로 나갔어요. 한 떼
의 새가 머물다 지나간 흔적이 별 모양의 발자국으로 역력
했어요. 나는 바지 끝에 모래가 묻을까 탈탈 털며 걷느라 바
빴어요. 나는 구두 위에 모래 먼지가 내려앉을까 몇 번을 가
다 서느라 바빴어요. 그렇게 한참을 툴툴거리며 책장을 넘
기는데 어디선가 툭, 어린아이 하나가 뛰어나왔어요. "애,
너 뭐니?" "말 시키지 마세요, 나 좀 급하거든요." 한 손에
긴 나무 막대기를 쥔 아이는 퍽 분주해 보였어요. "쉿, 지금
모래에다 새 발자국 무늬 스카프를 만들어야 해서요, 그거
그리러 가요." "뭐, 모래로 스카프를 만든다고?"

이른 봄 강변 모래톱에
자잘한 새 발자국이 유난히 소복하게 몰린 데가 있다
나는 네모반듯하게 테두리를 그려
새 발자국을 둘러쌌다

무늬 예쁜 스카프가 되었다

목이 긴 우리 엄마,
이걸 두르면 참 잘 어울리겠다
꽃샘바람에 춥지 않겠다

—「새 발자국 무늬 스카프」 전문

호기심에 후닥닥 강변 모래톱이 잘 내려다보이는 고층 빌딩 옥상으로 뛰어 올라갔어요. 아이는 나무 막대기로 소복하게 몰려 있는 새 발자국 언저리에 큼지막한 테두리를 둘렀어요. 제법 스카프처럼 보였어요. 정말 그랬어요. 네모 반듯한 테두리 안에 무늬 고운 스카프였어요. 그렇게 만들어 낸 새 발자국 무늬 스카프를 아이는 흡족한 얼굴로 바라보았어요. 입가에 웃음이 번지는 듯했어요. 그 순간 나는 알았어요. 아이가 웃은 건 새 발자국 때문이 아니라, 새 발자국이 소복하게 몰려 있어서가 아니라, 소복한 새 발자국 무늬 스카프를 완성해서가 아니라, 꽃샘바람 맞을까 목이 긴 엄마에게 두르게 하려는 착한 제 마음을 스스로에게 들켰기 때문이라는 사실을요.

동시를 읽음과 동시에 나는 혼자 찻집에 앉아 차를 마시는 기분이 들었어요. 왜 내 마음속에는 저렇듯 어린아이 하나 살지 못하는지 내 자신에게 마구 신경질이 났어요. 눈물이 났어요. 콧물도 났어요. 그런데 언제부터인가 내 심장 속에 심장보다 더 큰 바위가 턱 하니 가로막고 있다는 것을 알았어요. 언제부터인가 내 심장 속에 내 심장보다 더 큰 구멍이 휑 하니 뚫려 있다는 것도 알았어요. 그렇게 한참을 느릿느릿 책장을 넘기고 있는데 어디선가 툭, 어린아이 하나가 뛰어나왔어요. "얘, 너 뭐니?" "말 시키지 마세요, 나 좀 급하거든요." 손에 줄자를 쥔 아이는 퍽 분주해 보였어요. "쉿, 지금 공의 앉은키를 쟀고요, 이제 공의 선키를 재러 가요." "뭐, 공이 앉기도 하고 서기도 한다고?"

공은 동그랗게
앉아 있다 아니,
서 있다

아무리 들여다봐도

앉으나 서나

키가 똑같다

앉아! 일어서!

앉아! 일어서!

아무리 건드려도

동글동글 웃는다

공은 굴러가다

제자리에 딱,

멈춰 선다 아니,

앉는다

―「공」 전문

호기심에 데굴데굴 공을 따라갔어요. 아이는 공에게 앉아! 명령하더니 줄자를 풀어 공의 앉은키를 쟀어요. 아이는 공에게 일어서! 명령하더니 줄자를 풀어 공의 선키도 쟀어요. 아이는 공의 선키에서 앉은키를 빼더니 내게 그 차이를 알려 주었어요. 놀라운 아이만의 측량법과 계산법이었어요. 그 순간 나는 알았어요. 내가 감탄한 건 공이 아니라, 공의 앉은키가 아니라, 공의 선키가 아니라, 공도 우리처럼 앉기도 하고 설 수도 있다는 그 역지사지의 상상력을 나는 지금껏 한 번도 발휘하지 못했다는 부끄러움 때문이라는 사실을요.

똥그랗게 해가 지고 있었어요. 풀밭 위로 염소 한 마리가 말뚝에 묶인 채 똥그란 눈으로 똥그랗게 지는 해를 쳐다보며 똥글똥글 똥을 눴어요. 똥그란 해는 동그란 해보다 더 쟁반 같은 느낌이에요. 똥그란 눈은 동그란 눈보다 눈물이 더 많이 고인 느낌이에요. 똥글똥글 똥은 동글동글 똥보다 더 단단하게 뭉친 느낌이에요. 그렇게 한참을 말놀이하며 책장을 넘기는데 어디선가 툭, 어린아이 하나가 뛰어나왔어요. "얘, 너 뭐니?" "말 시키지 마세요, 나 좀 급하거든요." 손에 풀을 쥔 아이는 퍽 분주해 보였어요. "쉿, 지금 염소가 밥상머리 앞에 앉아 있어서, 밥 더 먹으라고 풀 뜯으러 가요." "뭐, 염소가 밥상을 받는다고?"

염소가 맴맴 풀밭을 돈다

말뚝에 대고 그려 내는 똥그란 밥상,

풀 뜯다 말고 또 먼 산 보는 똥그란 눈,

똥그랗게 지는 해,

오늘 하루도 맴맴 먹고 똥글똥글,

똥글똥글 염소 똥

—「염소 똥은 똥그랗다」 전문

호기심에 말똥말똥 말똥 같은 눈으로 염소를 쳐다봤어요. 아이는 풀을 뜯어 염소에게 내밀었어요. 나도 따라 풀을 뜯어 염소에게 내밀었어요. 염소가 웃는지 우는지 모를 매에 소리를 내며 오물오물 잘도 풀을 씹었어요. 그런데 염소가 똥그란 밥상 너머로는 도무지 벗어날 생각을 안 하는 거예요. 똥그란 밥상 너머에 푸릇푸릇 싱싱한 풀이 잔뜩 돋아 있는데도 오로지 똥그란 밥상 안에서만 맴맴 맴을 도는 거예요. 그 순간 나는 알았어요. 내가 맘이 아픈 건 염소 때문이 아니라, 염소가 말뚝에 묶여서가 아니라, 말뚝에 묶인 염소가 똥그란 밥상을 그리고 있어서가 아니라, 평생 똥그란 밥상에서 똥그란 밥을 먹다 똥글똥글 똥을 누고는 똥그란 그 눈을 영영 감아 버린 내 아버지가 생각났기 때문이라는 사실을요.

3

프랑스의 한 시인이 이런 말을 했대요. 아이들이 자라는 데는 비타민 ABCD로는 충분치 않다, 적어도 하루에 한 번 한 편의 시를 복용케 해야 한다, 라고요.

문인수 선생님의 동시를 읽으며 나는 동시야말로 우리를 평생 어른이 되지 않게 해 주는 마법의 약이 아닐까 확신하게 되었어요. 저렇듯 마음속의 한 어린아이가 선생님에게 끊임없이 질문을 던지면서 밤낮없이 뛰놀고 있잖아요. 저렇듯 선생님은 마음속의 한 어린아이에게 끊임없이 답을 해 주고 밤낮없이 놀아 주느라 어른이 될 겨를을 잊었잖아요. 저렇듯 선생님은 어느 순간 마음속의 한 어린아이와 쌍둥이처럼 닮아 버렸잖아요. 어른을 어린이로 만들어 주는 마법의 약, 동시로 말이지요.

호호 이모는 생각해요. 어떻게 하면 동시를 잘 쓸 수 있을까, 왜 동시 쓰기가 어려울까 하고요. 곰곰 궁리 끝에 나는 동시와 친구가 되어 보기로 했어요. 친구가 되면 동시와 나는 서로 귓속말하기를 즐기게 될 거잖아요. 친구가 되면 동시와 나는 서로 바라만 봐도 웃게 될 거잖아요. 친구가 되면 동시와 나는 서로 눈물이 날 때 손수건을 먼저 주게 될 거잖아요. 나보다 나를 더 잘 아는 사람, 그게 바로 친구니까요.

　이런, 호호 이모의 말이 너무 길었네요. 그나저나 우리 친구들은 정말이지 이 책을 어떻게 읽었을까요. 다음에 꼭 들려주기예요. 좋은 책을 서로 권해 주는 사람, 그게 바로 친구니까요.

　어린이 여러분, 안녕!

염소 똥은 똥그랗다
ⓒ2010 시 문인수·그림 수봉이

1판 1쇄 2010년 2월 8일 ｜ 1판 4쇄 2019년 11월 4일
지은이 문인수 ｜ 그린이 수봉이 ｜ 펴낸이 염현숙
편집 김성진 조소정 이복희 ｜ 디자인 이은혜
마케팅 정민호 나해진 박보람 최원석 우상욱 ｜ 홍보 김희숙 김상만 오혜림 지문희 우상희
제작 강신은 김동욱 임현식 ｜ 제작처 한영문화사(인쇄) 경일제책사(제본)
펴낸곳 (주)문학동네 ｜ 출판등록 1993년 10월 22일 제406-2003-000045호
주소 10881 경기도 파주시 회동길 210
전자우편 kids@munhak.com ｜ 홈페이지 www.munhak.com
카페 cafe.naver.com/mhdn ｜ 페이스북 facebook.com/kidsmunhak
트위터 @kidsmunhak ｜ 북클럽 bookclubmunhak.com
대표전화 (031)955-8888 ｜ 팩스 (031)955-8855
문의전화 (031)955-8890(마케팅) (02)3144-3237(편집)
ISBN 978-89-546-0986-9　73810

이 도서의 국립중앙도서관 출판예정도서목록(CIP)은 서지정보유통지원시스템 홈페이지(http://seoji.nl.go.kr)와
국가자료공동목록시스템(http://www.nl.go.kr/kolisnet)에서 이용하실 수 있습니다.(CIP제어번호: CIP2010000149)

어린이제품 안전특별법에 의한 기타표시사항 제품명 도서 ｜ 제조자명 (주)문학동네 ｜ 제조국명 한국 ｜ 사용연령 8세 이상